신의 자판기

신의 자판기

초판 1쇄 인쇄   2010년 09월 10일
초판 1쇄 발행   2010년 09월 15일

지은이 | 윤경훈
펴낸이 | 손형국
펴낸곳 | (주)에세이퍼블리싱
출판등록 | 2004.12.1(제315-2008-022호)
주소 | 서울특별시 강서구 방화3동 316-3 한국계량계측회관 102호
홈페이지 | www.book.co.kr
전화번호 | (02)3159-9638~40
팩스 | (02)3159-9637

ISBN 978-89-6023-436-9 03810

신 의 자판기

윤경훈 시집

생활의 저편으로 밀려났던 시詩가

어느 날 살며시 내게 다가왔다

ESSAY

작가의 말

작년 7월인가 그 어디쯤에
그가 살며시 내게로 왔습니다.
생활의 저편으로 밀려나 오랜 동안
잊고 살았던 그였습니다. 시였습니다.
언제까지 그가 내 곁에 머물지,
아니면 떠날지 나와 함께 떠날지
모르겠습니다.
고요히 흐르는 대로 받아들이기로 했습니다.

가능하면 쉬운 언어를 선택하고
모호하다 싶은 것은 좀 더 선명하게
바꾸려 노력했습니다.
시라는 것이 언어의 유희에 빠져
놀아나거나, 지나친 감정의 낭비,
억지 또는 강요거나, 그럴듯한 때론
절묘하기도 한 말장난만은 아닐 터……

시라는 것은 글 모르는 이도
살다 보면 몇 줄쯤은 훌륭하게 읊어낼 수
있는 그런 것, 쉬운 언어로도 얼마든지
가능한 것이라 생각합니다.

오래도록 여운이 남고, 감동을 주고,
아름답기도 한 시를 짓고 싶었는데
스스로 보기에 봐 줄만 하다 싶은 것도,
아쉬움이 남고 미흡하다
싶은 것도 있습니다.
밝고 환한 시를 쓴다는 것이 훨씬
더 어렵다는 것도 알게 되었습니다.

2010년 9월
윤 경 훈

목차

3부 하늘

1부
바 람

엇박자 노래방

가슴은 낭만에 대한
탱고를 노래하는데
바빠 조급증 난 스피커는
숨이 가쁜 랩 고개를 넘어서고

외로운 가슴 꽃비 뿌리는
트로트는 흐르는데
나 홀로 덕수궁 돌담길 따라
발라드로 걷는구나

층층 포개진 화면 얼굴 낯선
비키니 여인 흐느적이면
빛바랜 기억 저편에선
단발머리 소녀 하나 달려오고

외롭고 고단한 망각의
몸짓들, 몸 뒤척이며
일어서는 회상 얽히고설켜
소리 지르고 흔들리는데

철지난 사랑 하나 그리려
비워둔 하얀 가슴
알싸한 바람이 부는구나
하얀 눈은 날리는구나

저마다 고독한 사람 하나씩
흐릿한 조명 어둠속에
숨겨두고 몸부림하다 지쳐
하루는 또 그렇게 흐르는구나

밤눈

소리 없이 오셨네요
고운 잠 깨우지 않으시려

지난밤 서러운 꿈속
그리던 님 오시더니

사뿐 사뿐 오셨네요
오랜 기다림 환한 얼굴로

티끌 없는 순백 시리고
부끄러 얼굴이 붉네요

고단한 삶 주름진 얼룩
다 덮어 두셨네요

가을하늘 때문에

당신은 나를 잊었나요
그래요 난
당신을 잊었어요

가을하늘이 저리도
푸르지만 않다면
가을바람이
아리고 서럽도록
맑지만 않다면

그래요 난
당신을 잊을래요
아리고 서러워
당신을 잊을래요

가을하늘 때문에
가을바람 때문에

돌아오는 가을
저녁 그 어스름에
이미 난 당신을
잊었어요

그런 사랑도 있다

왜 나를 바라보지 않느냐고
사랑한다고 말하지 않느냐고
내게 왜 찬사를 보내지 않고
선물을 보내지 않느냐고
그래서 당신을 충분히
사랑할 수 없는 거라고
그렇게 말하는 사랑이 있다

살이 찌는 것은 걱정하면서도
먹을 만큼 먹고 다이어트 하라고
말해주는 상대방은 싫어하고
왜 아름답다고, 눈부시다고
당신이 최고라고 말하지 않느냐고
그래서 나도 당신에게 멋지다고
말할 수 없다는 선수취 후지불
결제는 기한 없는 할부
그런 흥정사랑도 있다

어쩌다 따뜻한 충고라도 하면
그것이 사랑에서 일지라도
"내가 뭐 어때서, 내가 왜
이렇게 된 줄 알아" 라고
기어코 화를 내고는
우리는 대화가 너무 없다고
사랑이 식어버렸다고 투덜대는
불평불만 투성이 사랑이 있고

왜 나를 만난 것이 행운이라고
날 만나 행복하다고 말하지
않느냐고 반성하라고 하면서
정작 상대가 어떤 때 행복해 하는지
어떤 음식을 좋아하는지는 모르는
자신의 지불능력은 전혀 고려하지 않는
철부지 과소비형 사랑도 있다

어디 늙어 힘이 빠지면 두고 보자며
상대가 약해지기를 손꼽아 기다리고
자신의 소비능력만큼은 아니지만
매달 생활이 배달되고 별다른 방법이
없으니, 마땅한 대체상품이 없으니
일단 그냥 두고 본다는
최선이 아니면 차선 경제학 사랑도 있고

늙어 쓸모없어지면 갈 데가
없을 만큼 철저히 불쌍해지면
그땐 용서하지 않겠다는
그 전까지만 사랑하겠다는
유효기간 미경과 사랑도 있다

더러는 몸 사랑 마음사랑
말사랑 따로 사랑도 있고
그런 사랑도 사랑인줄 아는
홀로 착각 사랑도 있고
그런 사랑도 사랑이라며
사랑은 모든 것이라며
그곳에다 목숨 줄 메어 단
밑 빠진 독 물 붓기 사랑도 있다

봄으로의 초대

봄의 들로 오라
너의 들뜬 환희와
혼잡과 소음일랑
잠시 그곳에 맡겨두고

호미 하나 들고
아내 아이 손잡고
봄의 정원으로 오라

옅은 안개로 내려앉는
봄 햇살 속, 계곡사이
낮은 가지들을 날으는
작은 새들의 지저귐
봄 향기 가득한
냉이며 쑥이며 씀바귀며

봄으로의 초대

와서 그의 향기를 마시고
그의 음악을 듣고
부드러운 햇살로 쏟아지는
그의 사랑을 받으라

아지랑이 향 피어오르고
진달래 수줍게 촛불로 타는
신들의 정원
봄의 축제에 오라

아버지의 농사

새벽밥을 드신 아버지는
비탈 밭으로 가고
늦은 잠 깨어난 나는
어깨동무 학교로 갔다

학교에서 돌아온 나는
피라미 시냇가로 가고
늦은 점심 드신 아버지는
더운 무논으로 가고

어스름, 얼그레 해진 아버지는
"이놈의 농사 그만 지어야지,
이놈아 언제 커서 농사 좀
그만 짓게 해줄래" 하시다
하루의 피곤을
코골이 잠속에 묻었다

내가 자라 도회로 나간 뒤에도
아버지는 농사를 지었다
이놈의 농사, 이놈의 농사
하시면서

그러던 어느 날 아버지는
농사가 지겨워 농사일 힘들어
때 이른 봄 농사철이 되기 전
비탈 밭 위 산으로 갔다

아버지 그가 없는 내 고향 들판은
뱃길 드문 등대처럼 외롭다
그 들판 가장자리에 새로이
아버지가 서 있다

벌초(伐草)

아제 형님 오셨나요
조카 질부 오셨네요

황금들판 푸른 하늘
날씨 한번 청명하고

참빗질에 쪽진 머리
흰 수염에 상투머리
단장 한번 해 볼까요

맵시 곱던 우리 할미
인정 많던 할아버지
새끼사랑 한없더니

꼬불꼬불 산길 따라
소매 속에 고신 알밤
항아리 안 붉은 홍시
예나 제나 변함없고

제멋대로 우거진 풀
낡고 헤진 묵은 생각
참빗질에 가위질로
새로 단장 해 볼까요

밤낚시

오늘밤은 아무도
나를 찾지 마세요
새끼붕어, 피래미
함께 놀고 있어요

별빛 가득
바람 솔솔
갈대 일렁
물결 차알싹

혼자냐구요
아니요
깜깜한 수면 위
별님 몇 불러 놓고

아른 아른 물안개 속
숨바꼭질도 하면서
내가 나랑
놀고 있어요

그러니 오늘밤엔
아무도 날 찾지
말아주세요

아내

내가 그녀를 처음
만났을 때

아침이슬 살폿 젖은
한포기 난초였다

내가 그녀를 두 번째
만났을 때

보랏빛 향기 흩날리는
라일락이었다

내가 그녀를 세 번째
만났을 때

유월의 푸른 정원
타오르는 장미였다

내가 그녀를
네 번째 만났을 때

거센 바람 흔들려도
꺾이지 않는 억새풀이었다

내가 그녀를
다섯 번째 만났을 때

가을하늘 하늘하늘
코스모스 꽃밭이네

절약모드(mode)

아껴 쓰라 돈과 물을
전기와 가스 음식들을
너의 절약이
다른 이들에겐
도움이 될 수 있으니

그리고 저축하라
사랑과 기쁨과 행복을
만족을, 자유를, 시간을

생의 시간 중에 너는
그것들을 다시 찾아
쓰게 될 테니

고통과 분노
슬픔과 절망
외로움 같은 것들이
슬며시 찾아들 때

내면 깊숙한 곳에서
이미 저축해 두었던
그것들을
찾아서 쓰도록 하라

촛불

당신은 누가
나를 태우는 거라
생각하세요
나는 스스로를 태워
밝히고 있어요

세상의 모든 빛은
누군가가 자신을
불태우는 것

사랑이란
조금씩 자기를 태워
점점 작아지는 것
그리하여 종국에는
자신마저 사라지는 것

자신을 태워
세상 밝히는 일이
뜨거운 눈물 쏟아내며

온몸으로 사랑하는 일이
얼마나 어려운지
당신은 아시나요

하지만 나는
기쁨 속에서 일하고 있어요
내가 만든 빛이 내겐
가장 큰 즐거움이고

사랑할 때에만
타오르고 있을 때만
삶은 진정한 삶이
되는 거니까요

커피 한 잔

커피 한 잔 하실래요
창이 넓은 한적한 찻집
굳이 서로 마주보지 않아도

각자 창밖 먼 산을 바라거나
푸른 하늘 흘러가는
흰구름 따라 흐르더라도

가끔 눈 마주치면
그냥 살짝 웃어주고

그래도 심심하면
시시콜콜,
사는 이야기 해 볼까요

커피가 식는 줄도 모르고
마음의 창 너머
멍하니 가을들판만 달려가도

그렇게 마주 앉아
커피한잔 하실래요

시선

시선을 다른 좀
먼 곳으로 옮기면

누군가 당신을
사랑하고 있음을
알게 됩니다

푸른 하늘
상쾌한 바람
밝게 빛나는 태양

풀빛 물드는 대지
그것을 촉촉이
적셔주는 비 같은
것들이

당신을 존재하게
하는 모든 것들
그리고
또 누군가가

산은 山 너머에 있다

산은 산 너머에 있고
하늘은 하늘 위에 있다

알고 보면
꽃 속에 꽃이 있고
나무도 나무속에 있는 거다

책속에 책이 글 아래 글이
시안에 시가 있는 것처럼

우리는 너무 빨리 알고
일찍 화내고 쉽게 헤어지지만

네가 보는 나
내가 아는 너
다시금 보면 그런 거였다

문(門)

門 열고 門 닫고
門 닫고 門 열고
오늘 하루
門 열고 門 닫고

토막 난 空間사이
막힌 空間에서
닫힌 空間으로

열린 空間에서
막힌 空間으로
空間에서 空間으로
門 닫고 門 열고

時間에서 空間으로
空間에서 時間으로

어제 하루
오늘 하루

門에서 門으로
門 열고 門 닫고
門 닫고 門 열고

2부
물 결

유혹

연인과 단둘이 걷는 오솔길에
붉게 핀 장미 한 송이,

담장을 넘어 우리 집 쪽 가지에
달린 발갛게 익은 감 홍시 한 알,

베이커리 가게 진열장안 입 안 가득
달짝하게 녹는 아이스크림과 케이크,

퇴근 후 씨~원한 생맥주 한잔
어떠냐는 동료의 미소 띤 제안

유혹! 오직 너 하나에만 약하였네
다른 것에는 다 강했는데

더러는 치명적이기도 한 너로 인해
한 송이 싱싱한 꽃이 꺾였고

어렵게 결심한 다이어트
매번 무산되었고
사랑하는 가족들의 기다림은
늘 망각 되었거늘

아 달콤하고 아름다운
붉게 익은 능금 알
이브의 사과 유혹이여 그만,
나를 꼬드기지 마세요

이제 나
당신의 꼬랑지 붙들고 오는
후회와 씁쓸함을 알고 있으니

암상 노송 (岩上 老松)

마르고 딱딱한 바위 위에
버티고 서있느라
발바닥엔 온통 못이 박혔네

자식 몇 돌보느라
손등 발등 무릎 갈라지고
터지지 않은 데가 없고

허리 펴 볼 날이 없이
일을 해서 이젠 아주
거꾸정하게 굳어버렸어

새끼 먼저 먹이느라
배불리 먹어본 적 없고
내 몸에 살집이라고 붙어
볼 틈이 있었겠는가

두 딸년 저기 아래 솔숲에
시집보내고 하나 있는

아들 녀석 도회에 나가 사는데
시름시름 앓는다는구만

평평한 땅 부드러운 흙 위
편히 살 줄 알았는데
그것도 그렇게 여의치
않은 것 같아

여기는 건조하고 거칠어
오려는 사람 없어
조용하기는 한데

마르고 꼬부라지고
비틀어진 것 뭐가 좋다고
사진들 찍고
그림 그리고 그러는지

무반주 솔로

바람이 불어도
나무는 흔들리지 않았고
비가 내려도 대지는
젖어들지 않는다

함께 잔을 기울여도
그들의 언어는
스며들지 않고

등 뒤로 흐르는 모호한 미소
술상위로 흩어지는
비난과 야유 같은 잡설들
그 소란스러움으로
순간의 외로움이 잊어진다

음악이 흐르지만 그건
그저 홀로 흐르다
허공으로 사라지고 마는
무반주 솔로일 뿐

그가 사는 도시에는
모든 것들이 딱딱한
콘크리트와 아스팔트로
포장이 되어 있고
톱니바퀴들은 서로
맞물려 있지 않았다

비가 내리고 바람이 불어도
그 누구도 이젠
진정으로 바람을 맞거나
비에 젖을 필요는 없다
자신의 포장껍질 속으로
깊숙이 숨어버린 그들은

오래전에 서로를 위해
아름다운 화음을 내거나
반주를 하는 방법을
잃어버렸다

다시 술상은 차려지지만
잔은 부딪히지만
결코 가슴을 맞대진 않는다
회색빛 도시에선
마주하고 있어도 말하고 있어도
진정한 그는, 그의 마음은
그곳에 항상 부재 중이다

음악이 흐르지만
그저 공허히 흐르다 사라지는
무반주 솔로일 뿐
울림은 없다

가을 그리기

파랑색 흰색 물감에
그리움 섞어
가을 하늘 그려 놓고

짙은 녹색 바탕 깔고
노랑 주황 빨강 갈색
드문드문,
가을 먼 산 그리고

연초록에 노란 물감
가을바람을 섞어
푸른빛 남아 감도는
가을들판만 그리면
그게 가을인 줄 알았다

어릴 적 담장 너머로
훔쳐보던 옆집 계집아이의
해맑간 얼굴
시리고 허한

가슴으로 앓아야 했던
젊은 날의 이별

갈 곳도 없으면서
날마다 저 홀로 기차를 타는
나도 모르는 나의 마음
그런 것들이 없어도
가을인 줄 알았다

나의 가을은
뭐라 표현할 수 없는
그 묘한 가을의 빛깔은
그림으로 그려질 수
없는 것인 줄을 몰랐다

진달래 산 꽃상여

누가 우느냐
나 떠나온 곳으로 돌아가는
이 좋은 봄날에

누가 슬퍼하느냐
진달래 산길 따라 꽃상여 타고
내 고향 가는 이 길에

꽃 지고 잎 지면
나무 질 줄 아느냐
강물이 흐른다고
강이 떠난 줄 알았더냐

새 진달래, 나뭇잎
살며시 얼굴 내밀면
강물이 흰 구름 싣고
말없이 흐르면
그게 그인 줄 하면 될 것을

누가 우느냐
누가 슬퍼하느냐
울긋불긋 때깔도 고운
꽃가마 타고

진달래 흐드러진 꽃길 따라
내 떠나온 고향으로
돌아가는 이 즐거운 날

요령을 울려라
노래하고 춤추리니

가네가네 나는 가네
고향산천 돌아가네
어하 어하 어허이 어하

떠나간다 고향산천
고향산천 돌아온다
어하 어하 어허이

층간소음

부부가 싸우고
아이들이 뛰더라

텔레비전 노래하고
세탁기는 돌고돌고

장롱 문 여닫히고
공사는 부실하고

층간소음 말도 많네
하필이면 아파튼가

뛰는 아이 못 말리고
부부싸움 알 수 없네

여기가 절간인가
아랫집은 무시방문

귀 막고 입 닫으니
스스로 고요한데

넓고 푸른 청산 두고
층층 닭장 웬일인가

깨어있는 시간의 차이

그대와 그는
깨어있는 시간의
차이 때문에
항상 엇갈린다

그대는
어둠 속에 깨어 있고
그는 밝음 속에
깨어 있다

그대는
깨어있는 시간조차
흔들리지만

그는 어둠속에서도
자유롭다
얼핏이나마
궁극을 보아버린 그는

신의 자판기

삶으로의 여행을 떠난
여행자들을 위해
그들이 그들의 여정에서
기력이 다해 지치거나
준비해간 것들이 부족할 때

여기 필요한
열두 가지 메뉴의 자판기를
설치해 두었으니
애용하시기 바람

사랑, 행복, 자유, 평화
만족, 기쁨, 슬픔, 고독
분노, 고통, 가난, 죽음

이용자들의 편의를 위해
사용할 수 있는 화폐는
용기, 인내, 희생, 지혜, 연민
다섯 종류로 하였음

만약 화폐가 없다면
당신의 여행 가방을 뒤져볼 것
떠나기 전에 이미 숨겨 두었음

투입 금액과 화폐가
적절치 않을 경우
원하는 것과는 다른
제품이 나올 수도 있으니
이점 양지하시기 바라며

사용 중 기계가 오작동하거나
불편사항이 있을 시는
인근에 있는 '기도'라는
공중전화 부스를 이용하시기 바람

蛇足.

마지막 제품의 경우 대부분

결품이고 위험할 수 있으니

이용을 자제하여 주시고

꼭 필요하신 분은 자신의 성명과

주민등록번호를 입력한 후

사전 승인을 받으시기 바랍니다

원초적 공백

어릴 때
학교에서 돌아온 어느 날
모두 들에 나가고 없는
빈집 부엌 부뚜막에 앉아
보리밥 한 덩이
샘물 퍼서 말아 놓고
날된장에 풋고추

그걸 먹다 갑자기
나는 내 가슴에 나있는
낯선 구멍 하나를 발견했어
가을 푸른 하늘을 닮은
서러운 것 같기도
외로운 것 같기도 한
투명한 구멍 하나

그건 낙엽하나 달랑 싣고
휭하니 골목길을 돌아서는
서늘한 바람이기도 했고

낯선 도회로 유학하던 시절
후미진 동네
문간 자취방을 비추던
흐릿한 가로등불이기도 했지

내가 사랑하는 사람과
나를 사랑하는 사람이
같은 사람이 아닐 때
그건 등 뒤에서
허허롭게 웃기도 하고

어느 날은
이른 아침 코스모스 핀
이슬 젖은 들길 따라
책보자기 둘러메고
학교 가는 아이들이 되기도 하고
마을에 처음 전기가 들어올 때
점등식 하루를 참지 못하고
전봇대에 올라 감전사 한

친구의 얼굴이 되기도 했어

그건 결코 사라지는 법 없이
문득 문득 얼굴을 드러내는
친구가 되어 있었고

난 그에게 원초적 공백,
태초의 구멍이라는 멋진
본명과 별명을 선물했지
그리곤 훨씬 친해졌어
친구야 왔니 한잔 해야지
할 수 있을 정도로

밴댕이 소갈딱지

무식한 놈 얕보고
똑똑한 놈 다 아는 척

못생긴 놈 무시하고
잘생긴 놈은 못 본 척

약한 놈 억누르고
힘센 분 알아서 슬슬

없는 놈은 멀리하고
가진 분 붙어먹고

어려운 일 퍼 넘기고
잘 되면 내 공치사

가벼운 일 팽개치고
문제되면 남 탓 네 탓

높은 분 잘 모시고
뒤틀려도 박수치고

낮은 놈 부려먹고
옳아도 못들은 척

많고 많은 인재 중에
그런 양반 지천이네

얼굴은 사람 얼굴
소갈딱지는 밴댕이

옷걸이

늦은 저녁 땀 냄새와 담배
소주 냄새가 뒤엉킨 아버지의
노동이 척하고 걸쳐졌다

이어 수면이 부족한 고3 아들
하루의 피곤도 축 늘어지고

집안 구석구석 맴돌이 하고
졸갑질 치던 엄마의 앞치마도
후즐구레 매달린다

길고 가느다란 몸
아홉 개의 촉수
빠르게 감지한다

향수냄새 큰누나는
데이트가 있었음이 틀림없고
흙먼지 투성이 막내는 오후 내
축구를 했을 것이다

고3 아들 남은 날이 초조하고
아버지는 삶이 무거운 거고
어머니의 일상은 갑갑한 거다

모자 걸린 틈 빠끔히 엿본다
아무도 말을 붙여주지 않는다
어깨가 축 늘어진다

촉수 둘에 느린 걸음
달팽이의 숲 향기와 말미잘의
상큼한 바다냄새가 그려진다

낙동강

말없이 흐르라 하네
소란스럽지 않게

그냥 따라 흐르라 하네
몸부림치지 말고

넘실대거나
일렁이거나 고요하거나
그건 이미
내 뜻이 아니라고

넘실댈 땐
넘실대고 싶은 듯
일렁일 땐
일렁이고 싶었듯

고요할 땐
내가 고요한 듯
함께 흐르라 하네

강이 나인 듯
내가 강인 듯
그렇게 흐르라 하네

목련에게

꽁꽁 꽁 얼어붙은
동토 어두캄캄한 아래
눈도 코도 없이
느끼기만 하고

여린 손 더듬거려
살뜰히 모아들여
이리도 환히
어여쁜 것 피워냈구나

빈손 하나 둘 수 없는
파란 허공 가운데에
의연히 새하얀
선비 꽃 봉우리

펼치고 거둠
맺고 끊음
추호의 주저 없어

머지않아 미련도 없이
하얀 꽃 숭어리
뚝 뚝 뚝 떨구고 나면

보송보송 파릇한 새잎도
거침없이 솟아 내려니

생산 없이 온 겨울
엎드려 움츠려 지낸
나는 네가 부럽구나
부끄럽구나
눈이 부시구나

라르고(Largo)

푸른 하늘 솜털구름
멈춘 듯 흘러가고
늦은 잠 깨어난 해는
껌뻑껌뻑, 얼룩얼룩
비추는 듯 조는 듯

은행나무 그늘아래
길게 누운 누렁이 한 마리
마지못해 느릿 다가와
무거운 꼬리 흔들고

마당 빨랫줄에 젖은
젖은 옷가지를 널던 아내는
일손 멈추고 허리 짚어
하늘을 올려다본다

잠자리 한 마리
핑그르르 맴돌아,
빨래대 꼭지에 앉아

알맞은 햇살
날개를 말리고

낮은 담장 너머
굽은 허리 등짐 진
밭고랑 주름 할미는
늦은 밭일을 나간다

죽어서 피는 꽃

민들레, 민들레
술 마시는 사람에 좋고
간, 위장 다 좋다하네

양지바른 봄 언덕
갓 꽃망울 민들레
뿌리째 캐서
다듬고 자르고 씻고

햇빛 드는 베란다에
채반 받쳐 가지런히
말리려 늘어놓고
2~3일 후 보았더니

이것 봐라
이거 봐라
빠싹 말라들어 가는
잎과 뿌리 사이로
꽃자루 손가락 한두 마디씩 나
불쑥 자라나고

물 한 방울 흙 한 덩이
없는 채반 위
오직 제 한 몸 불살라
팥알만 하던 꽃망울
노랗게 탐스런 꽃을
터트리다니

그렇구나
그렇구나
삶은 죽어서도
꽃피어날 수 있는 거구나
죽어서도 삶은 쉽사리
죽어지지 않는 거구나

3부
하늘

마음

1.
마음의 강이 흐르네
유월의 햇살 가득한
머언 들판 사이로

마음바다도 흐르네
푸른 하늘 흰 구름
그 너머 너머로

삶이라는 건
특별하고도 심오한
어떤 의미가 있는 걸까

그냥 흐르네
강물처럼 바다같이
바보처럼

2.
흐르다 흐르다
낭떠러지 절벽이라도 만나면
쏟아져 내리기도 하다

얕은 여울 만나면
재잘 재잘,
미주알 고주알도 하고

넓은 강 만나면
한가히 여유롭고

바다를 바다를
만나면 침묵해야지

무한이라던가 영원이라던가
침묵이라는 말조차
가당치 않을 그곳에서는

침묵하지 않는 자
알 수 없다
진정한 사랑을
신의 마음을

내려오세요

내려오세요
높은 의자에 앉아
흔들리지 말고

사업이 잘 안 되어
고통스럽거든
친구가 없어 외롭거든
사랑이 나를
받아주지 않거든

하늘 우러러 기도하지 말고
내려오세요
사랑하는 사람보다
얻고 싶은 친구보다
매일 만나는 사람들보다
조금만 더 낮은 곳으로

우러러 당신께서
기도하던 그 신은

이 세상 가장 낮은 곳에
있는지도 모르니까요

어쩌면 당신이 원하던 것을
얻지 못할 수도 있긴 하지만
그곳에서 당신은 분명
행복이나 평화로움 같은
보다 값진 것을 얻게 될 테니

손해 볼 게 없잖아요
신에게
진정한 자신에게
좀 더 가까이 가게 될 테니

장승

올망졸망 마을 어귀
불룩 솟은 돌무덤에

하얀 이빨 드러내고
불뚝 눈에 부릅뜬 눈
나름으론,
무서운 척 근엄한 척
경중하게 서 있지만

여덟 살 아들 보기에
겁을 주자는 건지
겁먹은 건지
웃자는 건지 우는 건지

지나가던 잡귀 하나
배꼽 잡고 헤헤거리다
순진하고 귀여워서
악한 마음 사라져서

아끼던 복덩어리 하나
"예따 너나 가져라"
던져주고 가네

오직 모를 뿐

1.
우물 안의 개구리는
우물입구만 한 하늘만 본다지만
우리 역시
마음 안에 나 있는
자신만의 창만한 세상을 갖는다

내가 사람을 잘못 봤지
라고 말할 때
잘못은 그에게 있는 게 아니라
전적으로 잘못 본 나에게 있다

내가 아는 바로는,
내 경험상으로는 이라고
잘난 체할 때
이미 우리는 오류를
시작하고 있었다

그건 세상에는 비슷하거나
같은 일이 반복해서
일어난다고 생각하는
착각의 산물이다

2.
흔히들 전면과 이면
동전의 양면을 이야기하지만
그 두 가지만으로
설명되어질 수 있는 것은
이 세상에 아무 것도 없다

세상의 모든 일은
되풀이 되지 않는다
날씨라든가 공기라든가
흔히 우리가 사소한 것이라
생각하는 그런 모든 것들을

포함한 모든 면에서 본다면
그리고 그런 것들은
결코 사소한 법이 없다
그것이 작은 돌멩이 하나일지라도

3.
내가 사람하난 제대로 봤어
라고 말할 때도 오류를 범하기는
마찬가지이다
내가 사람을 잘못 봤지 라고
바뀔 가능성을 항상
내포하고 있기 때문에

그건 우리가 믿는 진리나
신의 경우도 마찬가지이고
모든 확정은 위험하다
그저 텅 빈, 따뜻한
마음이 필요할 뿐

4.
우리는 자신이
넓고 투명한 창을 가지지 못하고
그나마 진실을 가리는
갖가지 편견으로 채색된
작은 창을 갖고 산다는 걸 모른다

내가 사람을 잘못봤어 라고
말하지 않으려면
우린 우리의 창에서
선입견이나 편견, 직감
경험, 지식 같은 터무니없는
얼룩들을 지우고 넓고 큰
맑은 창으로 세상을
보아야 한다
오직 모를 뿐이라는
텅 빈 마음으로

들꽃

나는 말하지 않아요
화사하다 아름답다
청초하다 가련하다
말을 하지 않아요

바람 잦은 강 언덕에
무리지어 흔들려도
인적 드문 산기슭에
홀로 피어 서 있어도

당신께서 나에게
아름답다 말하면
아름다운 건 당신이에요

당신께서 나에게
가련하다 말한다면
당신은 가련한 거예요

나름으론 곱게
단장하고 서 있지만
나는 말하지 않아요

蛇足.
스스로를 당신께서
아름답다 말하여도

나는 당신이 밉지도
아름답지도 않아요
나는 말하지 않아요

가을밤 기러기 떼

푸른 창공 높이 날아
새 다른 삶 찾아보세

혼자 날기 외로우니
일가친척 대동하고

앞을 서고 뒤를 잇고
힘이 들면 바꿔도 보고

날고날고 날아보세
별빛 달빛 등불삼아

둥근달은 은은하고
새벽 별빛 차고 맑네

날개 아래 두고 온 땅
지난날은 잊어두고

푸르름이 살아있는
싱그러운 대지 찾아

날고날고 날아보세
나는 삼매 들어보세

고사목(枯死木) 전설

한때는 푸르고 우람했었네
혼자서도 무엇이든 할 수
있다고 자신했었지
내 주변에 그들의 잎을
떨어뜨리지 말라고
어지럽히지 말라고 했다네

왜 내 바람을 막아서느냐고
내 햇빛을 가리느냐고
비켜서라고 물러나라고
왜 내 발밑에 뿌리를 뻗어
나의 물을 빼앗느냐고
치우라고 했었지

모두들 떠나갔다네
햇빛은 따가웠고
바람은 너무 거세었고
발밑의 물은 머무르지
못하고 그냥 흘러갔네

목이 마르고 춥고 외로웠지
점점 팔다리에 힘을 잃었고
더 이상 잎도 꽃도 피우지
못하고 열매 맺지 못하게
되었지 한때는
싱싱하고 우람했다네

그랬었군요 당신은
나는 모든 것을 주었지요
그들이 내 몸과 팔을 휘감아
올라도, 그곳에 뿌리를
내리고 나의 체액을 빨아도
그냥 두었어요

왜 스스로 서지 않느냐고
그렇게 기대기만 하는 건
바라기만 하는 건
나쁜 거라고 말하지 않았어요
그게 사랑인 줄 알았거든요

더 이상 바람과 함께 흔들릴 수
없게 되었고 햇살도 부족했고
점점 푸르름을 잃어 갔지요

그런데 이상한 일은 더 이상
잎을 피우지 못하는 건
나만이 아니었다는 거예요
그들도 함께 시들어 갔지요

이제는 앙상한 뼈로만 남아
가끔씩 찾아오는 산새나
벌레들에게 이미 전설이
되어버린 내 이야기
들려주면서 푸르던 날의
추억에 젖곤 하지요

동대구역

기차가 떠나고 도착했다
떠나는 사람들이 있고
도착한 사람들이 있고
떠나온 사람들이 있고
돌아가는 사람들이 있다

나는 그 중 어느 쪽인지
지금 어디에 있는 건지
어디로 가고 있는지 아니면
어디론가 떠나야 할 것인지
가면 어디로 갈 것인지

그때 주말 오후면
나는 늘 선로가 보이는
동대구역 구석자리에서
떠나고 도착하는 기차와
떠나는 사람들과 도착하는
사람들을 보곤 했다

두 선로가 하나로 사라지는
먼 곳을 바라보고
어스름까지 그날 오후를
망설이고 망설이곤 했다

말하라

말의 덧없음과 공허함을 알아
몇 년 아니 몇 개월만이라도
말을 아끼고 자제해 왔다면
가벼운 말 몇 마디를 지극히
조심하고 경계해 왔다면
이젠 말하라

사춘기를 앓는 아들의
이유 없는 반항에 대해
침묵의 언어로 그런 사랑으로
아들이 돌아오기를 오래도록
말없이 기다렸다면

삼 만원이 채 안 되는 돈으로
온가족이 한 달은 족히 먹고 살고
자기가 가장 좋아하는 음식은
옥수수 죽이라며 당신은
어떤 음식을 좋아하느냐고 묻는
그 얼굴 까만 아프리카 아이가

갑자기 보고 싶어진다면

늦은 가을 시들어 가는 들판
늦게 핀 호박꽃 한 송이
그것이 가슴 저밀 만큼
아름답게 생각되거든
이젠 말하라

모습과 계절에 연연하지 않고
홀로 피는 꽃의 아름다움과
그 침묵과 사랑과
기다림에 대해 말하라

가슴속에서 피어난 진정한
연민과 안타까움 그리움
오랜 침묵 속에서 새로 발견한
자기 자신에 대해 이젠 말하라

비명횡사

출근길
야트막한 야산 옆 도로
한 죽음이 버려져 있다
이름 모를 들짐승
처참히 부서진 채로

간간히 까마귀 한둘
날아들어
혼잡한 길 고독한 죽음
노제를 치르고

달리는 차들 그 죽음
잘도 비켜가는데
왜 조심조심 그 삶을
비켜가진 못하였던가

발정기를 만나
짝을 찾던 중이었거나
어쩌면 둥지 안에 허기진

젖먹이 새끼들 두고
먹이를 찾아 나섰거나

바쁜 마음
좀 서둘기는 했지만

순식간에 다가와
사정없이 덮치는
빠르고 거대한
무시무시한 괴물들

잃어버린 반쪽

잃어버린 반쪽이
있다 하기에
허겁지겁, 허둥지둥
찾아다녔네

어느 놈은 너무 커서
어느 놈은 너무 작아
덜커덩 덜커덩 헐렁헐렁

저놈은 욕심 많고
이놈은 실속 없고
요놈은 너무 잘나고
조놈은 좀 모자라고

잘생기고 못생겼고
돈만 알고 가진 것 없어
덜커덩 덜커덩 헐렁헐렁
뒤뚱 뒤뚱 기우뚱 기우뚱

반평생을 찾고 찾아
돌아다녔네
찾아 돌다 지쳐 누운
풀밭에서 바라본 하늘이
말해 주었네

잃어버린 건
아무 것도 없다고
그냥 그대로 완전한 거라고

매미울음(영월에서)

울고 울고 울었다
늙은 나무 등걸 붙들고

지난 7년 남은 7일
목 놓아 울었다
봐요봐요 나를 보세요

들어주는 이 아무도
없어 그게 서러워 또
울었다 매엠 매엠 맴
아침부터 해질녘까지

서러운 울음 끝을
그치지 못해 밤에도
흐느껴 울었다
쓰르르 쓰르르
찌르 찌르 찌르르

울어도 울어도
다 못한 울음
새벽 밤하늘
별이 되었다

동 틀 무렵 마침내
이슬 젖은 풀잎이
서리 맞은 산 꼭지가
알아들었다

다시 초저녁
별에는 습기가 없다
울음이 다시
눈물별이 되기까지는

행복

어린 시절에는
어서 자라서
고등학교에 다니는
옆집 형아처럼
멋진 교복을 입으면
정말 행복할 것 같았지

나이가 들면서
대학을 가면 취직을 하면
결혼을 하게 되면
행복해질 거라고
집을 사고 자동차를 사면
행복할거라 생각했어

지금은 생각하지
어리던 시절로
그 시절로 지난날로
돌아만 갈 수 있다면
얼마나 행복할까

하지만 알게 되겠지
신의 부름 앞에
무릎 꿇을 때
지나간 순간순간
모두가 행복이었음을

초등학교 때 일기

1969년 10월 5일 날씨 맑음

학교에 갔다 왔다
영수도 학교에 갔다 왔다
해범이도 학교에 갔다 왔다
종기도 학교에 갔다 왔다
같이 재미있게 놀았다
그리고 밥 먹고 잤다

봄비

문 닫고
소리 없이 문 열고
보슬 보슬 내리네

앞산 진달래 수줍은 듯
고요히 꽃잎 열고

버드나무 가는 가지
설 잠 자던 초록 잎새
사르르 눈 뜨네

열여섯 소녀젖가슴
남몰래 봉곳이 솟고
마음이 설레네

파르르 떨며 또
한 세상이 열리네

겨울 어느 따숩던 날
부슬 부슬
부슬비 내린 날
울렁이는 가슴으로

이 비 올 줄
이미 알았다 하니
곁에서 목련이 빙긋이
웃고 서 있네

헝클어진 머릿결로
무겁던 어깨 위로
촉촉이
봄 내려앉네

4부
노을

아침 안개

동쪽 산은 하얀 소복을
켜켜이 껴입었다
다가설 때마다 살포시 겨우
한 꺼풀씩만 벗어 놓던 그녀

시계(視界)가 2미터밖에 되지
않는 근시가 심한 폭 좁은
도로가 유일한 안내자다

항상 방향을 잘못 잡아
오던 길을 되짚어 가곤 하는
그를 따라 가는 길이
이젠 익숙해진다

그녀는 말했다
젊은 여인의 속살은
아련 아련, 흐릿 흐릿
가려져 있어야 신비한 거라고

욕심 부려 속도를 내다간
코가 깨지기 십상이다
천천히 한 걸음씩,
마침내 그녀가 마지막
옷을 벗어 던진다

갈대가 하얗게 일어서고
모든 것이 분명해졌다
다시 강이 흐른다
구름이 흐르고 그녀가 흐르고
영겁의 심연, 짙은 안개 속을
산이 들고 난다

상처 입은 들 고양이

이리 가까이 다가오련
짐짓, 아무렇지도 않은 척
태연한 척 도망 다니지 말고
이미 나 너의 머리에 못 하나
박혀 깊게 상처 입은 줄
알고 있으니

오래전 나도 여린 가슴
뾰족한 못 하나 박혀
쓰리고 아린 숱한 불면의
밤을 보낸 적 있으니
네가 그렇게 그 상처로 인해
앓지 않는다면 애초에 나
너를 사랑하지도 않았으니

아파보지 않은 자에게 섣불리
상처를 내보이는 것은
피 흐르는 상처에 상처 하나
더할 수도 있다는 것을

날카롭게 할퀴고 떠나갈 수
있다는 것을 나도 알고 있으나

아파본 자만이
너를 낫게 할 것이니
너의 그 상처 내게 보여주련
곱게 살며시 감싸고 보듬고
함께 아파하려니

눈비 하나 가릴 곳 없는 그곳
이제 그만 가까이 다가오련
너의 아픈 곳을 내게 보여주련
그러면 나도 너에게 상처 자리
아물어 이제 갑옷처럼 단단히
굳어진 곳 보여주려니

내가 좋아하는 사람

당신은
누구를 좋아하나요

나는 나를
좋아합니다
어제보다 나은 나를
오늘보다 나아질 나를

나는 신을
하느님과 부처님을
좋아합니다

그를 닮은 나를
그와 닮아질 나를
좋아합니다

당신은
본적이 있나요 그가
누구에게 화를 내거나
싫어하는 것을

첫사랑

단 한번
마주친 눈빛으로
종일을 설레이고

단 한번 건넨
가벼운 인사로
하루 이틀 몇 날 며칠이
환하던 때가 있었다

시간이 많이
흐른 후에
나는 알았다

첫사랑이란
그 미숙함으로 인해
아름답기도 하고
아쉬움도 남는다는 걸

그리고
우리의 삶이
매순간 처음이란 걸

나는 모른다

나는 모른다
바다와 하늘이 맞닿는
수평선 끝을 바라보아도
대지와 별들이
만나는 산 위에서도
시간과 공간이 무엇인지
시작은 무엇이고
끝은 무엇인지를

이른 봄 바늘같이
가느다란 나뭇가지가
연초록 새싹을 밀어 올릴 때
그것이 어디에 숨었다 오는지
추운 겨울은 어떻게 견뎌냈는지

사랑과 돈, 지위
명예 같은 것을 욕망하다가
평온과 자유, 만족과
행복 같은 것을 원할 때

어느 쪽이 나의
진짜 마음인지 나는 모른다

내가 누구인지 무엇인지
진정으로 나는
모르고 있는 것인지

나는 시를 모른다
알 수 없는 내면의 어떤 것이
내 일상의 언어와 부딪칠 뿐
부딪쳐 소리가 나는 것일 뿐

천렵

논배미 사이 봇도랑에
미꾸라지 많이 살고
그 아래 시내에는
피라미 쏘가리 퉁가리
꺽지 빠가사리 새끼붕어
많다는데

고단하고 돈 안 되는
농사일 잠시 밀쳐두고
소싯적부터 불알친구
자네와 나 형님 동생
천렵 한번 해보세나

쪽대 하나 어깨에 메고
양은솥에 갖은 양념
농주야 당근 말하면 등신
챙겨 들고

맑은 시냇물
놀라 자빠지는 피라미
첨버덩 첨벙 풍덩 풍덩
몰아 잡고, 빠가 빠가
빠가사리 쏘일세라 조심잡고

호박돌 위 양은솥 걸치고
잡은 잡고기 양념함께 쏟아 넣고
쫄가지들 모아 태워 뽀글 뽀글

얼큰 달큰 매운탕에 농주 한잔
쭈욱 들이켜니 캬아! 나라님도
사또님도 하나 안 부럽네

농사야! 나 그런 거 몰라라
벼야 저가 알아서 자라겠지

會者定離 去者必返

한 송이 꽃에서 태어난
민들레 씨앗들이
실바람에 흩어지고
한 나뭇가지에서 자란
나뭇잎들이 가을
바람 따라 길을 떠난다

동산에서 함께 놀던
어릴 적 동무들은
뿔뿔이 흩어지고
같은 지붕아래 오손
도손 살던 형제자매가
각자의 삶으로 떠났다

바람이 흩어지고
구름이 흩어지고
사랑이 떠나가고
눈앞의 모든 것들은
헤어지기만 한다

하지만 나는 안다
돌아오는 봄
노란 민들레 피어날 때
나뭇가지에서
연초록 새싹이 돋을 때

그것들이 신들의
은밀한 손에 의해
다시 모아지고 있음을
지난 가을은 이미
이 모든 것들의
시작이었음을

두점박이 사슴벌레

여덟 살 아들이
세상사는 게 재미없다네
아빠는
제주도에도 안 데려가고,
꼭 가고 싶었는데
한라산에 가서 두점박이
사슴벌레를 찾아야 했는데

그러곤 파브르 곤충일기를
한 시간쯤보다 잠들었네

아들아!
집에 기르는
넓적 사슴벌레도
두점박이 못지않게
늠름하고 멋있거든

때론 금반지 은반지가 아닌
구리반지로도 행복해 할 줄
알아야 하는 거야

뜰에 핀 꽃이
붉은 장미 노란 장미가 아닌
홀로서지 못하는 나팔꽃이라도
받아들여야 하고

왜냐고
그건 신의 뜻이니까
세상은 다 다르니까
그렇다고 포기하진 말아라
언젠간 그놈, 두점박이를
꼭 만날 수 있을 테니

선죽교

주리고 헐벗은
백성들이 불쌍하고

허랑방탕 늙어버린
나라님은 안쓰럽고

동쪽 보면 서쪽 울고
남을 가자니 북이 서운하고

이렁저렁 죽어질 몸
철퇴 맞아 죽어져도

어진 임금에 충직한 신하
죄 없을 민초 안녕하면

뼛골이야 있고 없고
넋이야 자고말고

양지

달콤할수록 위험하다
쓰다고 해서 반드시
약이 되는 것은 아니다

닦아내는 치약마저도
남아 있으면
프라그가 될 수 있다

맛도 냄새도 느낌도
애증도 추억도 편견도
남은 향기마저도 말끔히
헹궈내는 것이 좋다

그러지 않으면 언젠가
썩어들어
고통을 줄 수도 있다

산 메아리

깊고 푸르른 산중
하늘은 오히려 높고
흰 구름 가까운 곳에서는

야~호 소리치니
따라 야~호 하더라

이놈아 하니
이놈아 같이 하고
이 자식아 부르니
이 자식아 부르더라

못다 한 가슴마저 후련히
사랑한다 외치니
더 많이 사랑한다 하고

행~복~해~ 하니
행복해~ 행복해~ 행복해~
연이어지더라

사랑받고 싶거든
행복하고 싶거든

맑게 깊고
영혼 시리게 푸른
심산(深山)에 올라

산에 크게 소리쳐
물어보라 하더라

그날 이후

태초에는 고요하고 평온하였다
강가에서 진흙놀이를 하던 그가
별 생각 없이 흙으로 남자를 빚었다

남자가 심심하다고 매일 그에게
보채자 그는 하는 수 없이 그에게
여자를 만들어 친구가 되게 했다

여자는 배가 고프다며 남자에게
투정을 부렸고 이를 보다 못한
그는 땅과 바다에 물고기와 동물들
갖가지 생물을 있으라 하였다

남자는 사냥을 위해 창을 만들었고
뾰족한 창에 위협을 느낀 다른
사람들은 갑옷과 방패를 만들었다

물고기를 두고 서로 다툼이 일어나자
남자들은 갑옷을 입고 창과 방패를
들고 전쟁터로 나가 싸웠다

어느 한쪽도 완전하게 승리하지 못한
그들은 활과 총, 방탄복, 미사일 같은
좀 더 강력한 것들을 만들기 시작했다

핵무기가 만들어지고 핵우산을 만든다
하고 이윽고 그들은 이곳은 살만한 곳이
못된다며 우주선을 만들어 이곳에서의
탈출을 꿈꾼다

그가 처음 남자를 만들 때 그는
쓸모없는 것 하나가 이렇게까지 확대
재생산 되리라고는 미처 생각지 못했다

애초에 그가 남자를 빚지 않았다면
여자를 만들지 않았다면
물고기가 없었더라면

함박눈

저거!
地上으로 내리는
환호성, 탄성들

왁자지껄 무리지어
쏟아져 내리다가
거꾸로 되오르다가

옆으로 비스듬히
비행을 하다
너울너울 춤추다가

앞지르고 바꿔서고
뒤섞이고
우루루 몰려다니는

저 들뜬 아이들의
고함소리, 함성들

저리도 기쁜
경이로운, 아름다운
生成과 消滅들

이르자마자
사라져가도

펄 펄 내리다
솟아오르고
다시 내리고
또 다시 날아 춤추네

시를 쓴다는 것

왜 시를 쓰느냐구요
글쎄요
그게 쓰고 싶다고
쓰여지는 건가요

왜 말하지 않았느냐구요
언제부터 시를 쓰기
시작했냐구요

글쎄요 그게
선언하고 시작하면
쓸 수 있는 거던가요

살다가 보면 그게
노래도 되고 춤도 되고
시도 되고 하는 것을

살다 보면 그게
사랑도 되고 눈물도 되고
그런 것을

왜 시를 쓰느냐구요
글쎄요 그게
그만두고 싶다고
멈춰지는 거던가요

滿春 小白山行

저기 저
피어오르는 산 빛이
난길 그대로 졸졸졸
내리 흐르는
맑은 물소리가

맨살 스치우는 텅
비~인 바람
너무도 좋아

내 언제
돌아갈지 모르니
그대는
기다리지 말라

저기 저
낙락장송 예서
천년 사는
사연을 알겠거니

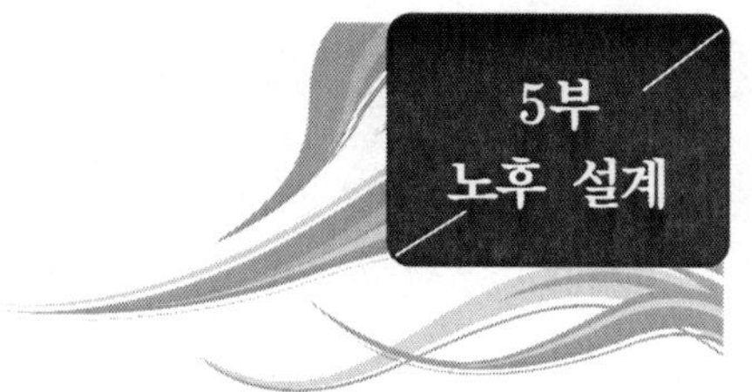

노후 설계

앞으로는 굽이쳐
푸른 강
옆 뒤로는 빙 둘러친
야트막한 야산

그 가운데에
한가히 누워 있는
분지 한 200평

엮어 세운 수숫대에
물 반죽한 붉은 황토
볏짚 썰어 넣고
짓이겨 붙여

납작 엎드린
오두막 하나
지어놓고

밭 갈고
책 읽고
졸리우면 자고

더러 강에 나가
낚싯대 하나 드리우고
흐르는 강물이나 낚고

달빛 좋은 밤
흥에 겨우면 시
나부랭이 읊어도 보고

최후의 심판

너의 생애동안 나는
다른 것은 보지 않았다

단지 네가 다른이에게 또
너 자신에게 얼마나 많은
따뜻한 미소를 보내는지
만을 헤아려 왔다

지금까지 너는 만 번의
미소를 적게 보여주었다

그러니 너는 지금
불길이 끓어오르는
지옥으로 가야한다

그곳에서 지금까지 채우지
못한, 부족한 만 번의 미소를
지어 보이도록 하라
그런 다음 다시 이곳에 오라

네가 원하는 천국에서는
오직하나
미소 짓기만 할 뿐

충분히 살며시
미소 지어라

그러면 나도 네게 소리 없이
웃어 보이리니